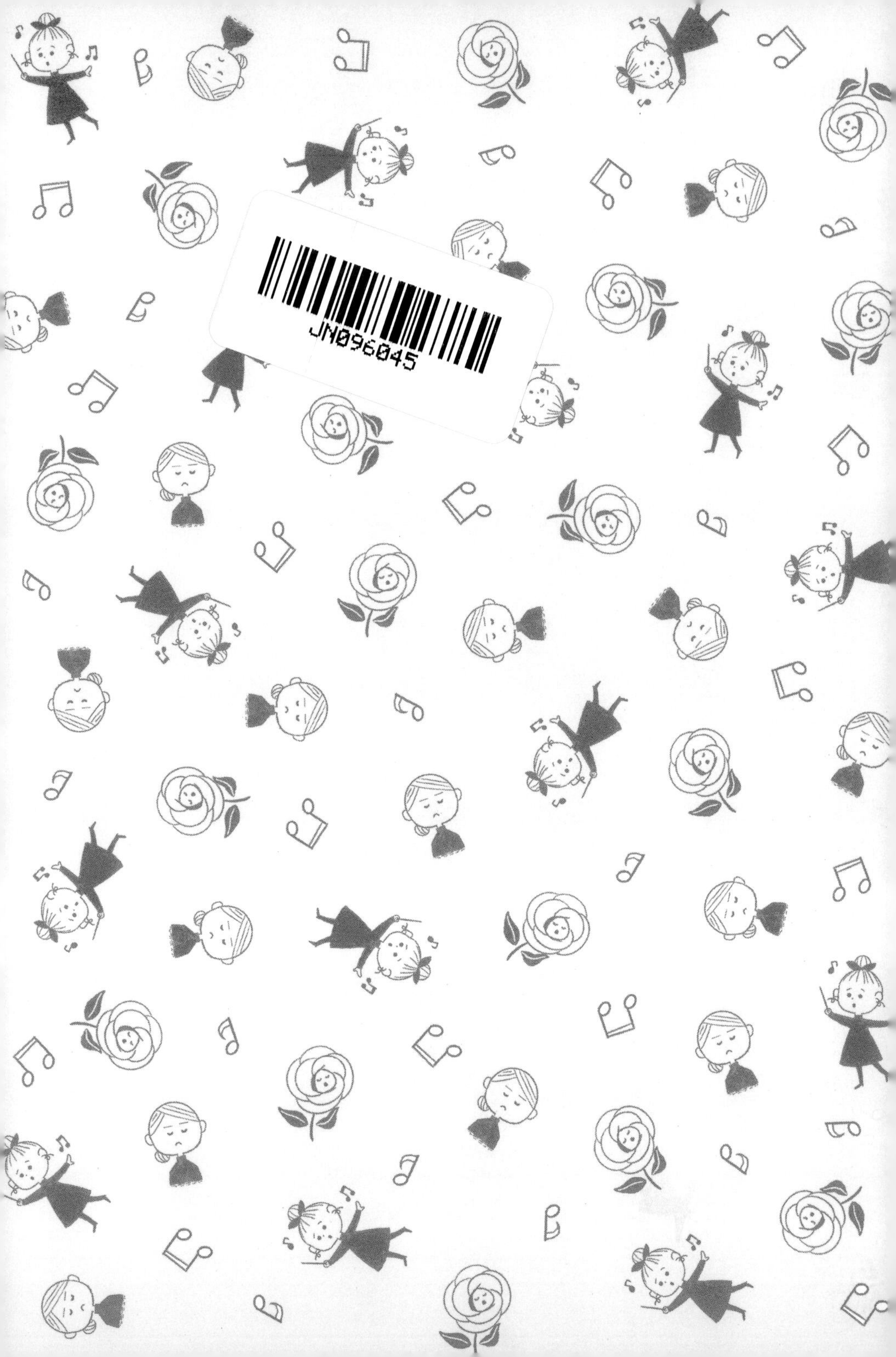

JN096045

まじょのナニーさん

石《いし》のまほうと
ミラクル★ダンス

藤 真知子 作
はっとり ななみ 絵

ナニーさんは　まじょ

ショック　ショック　大《だい》ショック！
カナは　じてん車《しゃ》で　ころんで、足《あし》を
けがしてしまいました。
学校《がっこう》の　たいいくも　すいえいも、大《だい》すきな
ダンスの　おけいこも　お休《やす》みです。
明日《あした》からの　三《さん》れん休《きゅう》で　いくはずだった

ダンスがっしゅくにも　いけません。
サイアク〜
たのしみに
してたのに……！
それなのに！
ママったら、会社《かいしゃ》の
とまりこみの
こうしゅう会《かい》に
いくと　いうのです。

「カナの　がっしゅく中《ちゅう》に　いく　よていだったし、
これからの　ママの　おしごとに　ひつような
こうしゅうで、いかなくちゃ。ごめんね。」
パパは　いま、ながい　しゅっちょう中《ちゅう》なのに!?
「じゃあ、わたしは　どうなるの？」

「だいじょうぶよ。ひょうばんの
スーパーかせいふさんを　たのんだの。
かていきょうしも　してくれるんですってよ。」
ママが　じまんげに　いったとき、
インターホンが　なりました。
「ナニーです。よろしく。」
そう　いって　あらわれたのは、黒《くろ》い　ふくに
かみを　おだんごに　した、ちょっと　ふしぎな
かんじの　女《おんな》の人《ひと》。

「ナニーさん、今日《きょう》は　カナを　病《びょう》いんに
つれていってね。学校《がっこう》には　れんらくしたわ。
じゃあ、わたしは　会社《かいしゃ》に　いってきます。」
ママは　そう　いうと、はりきって
でかけてしまいました。

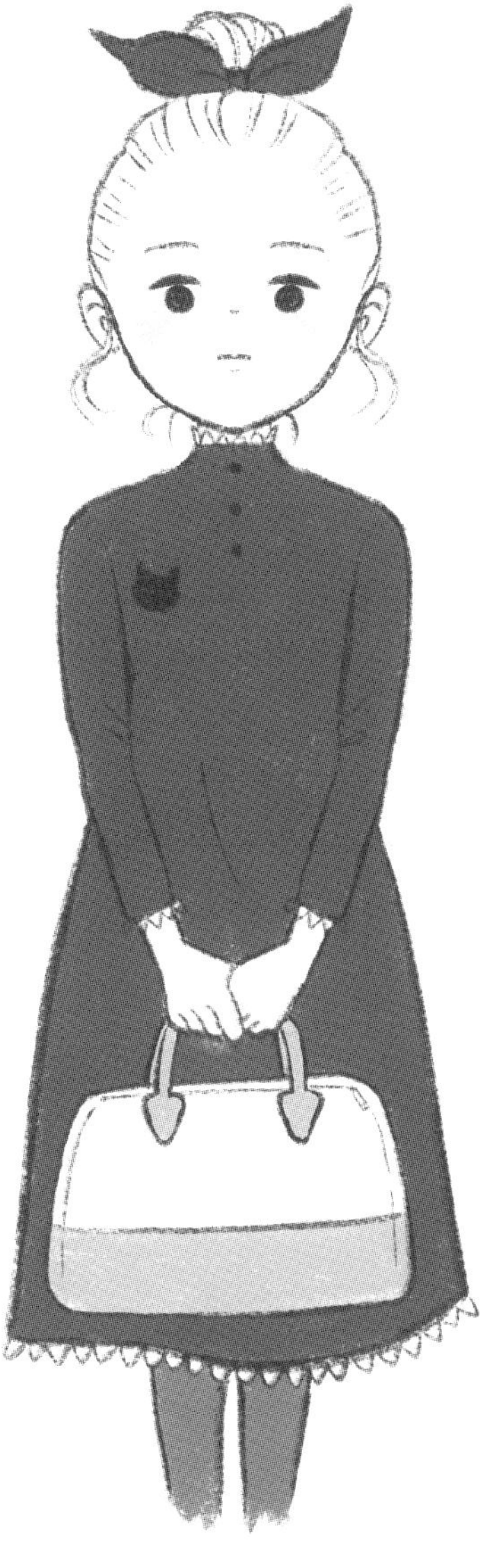

カナは　すきな　ダンスも　できないし、
友《とも》だちにも　あえなくて　つまんないのに。

☆

「ずいぶん　おちこんでいますね。」
病《びょう》いんから　もどると、ナニーさんが
おやつを　だしながら　いいました。
リビングに　かざられた　人形《にんぎょう》や　ぬいぐるみが
しあわせそうに　にこにこしているのも、
ムカムカします。

「ダンスも　なんにも　できないんだもん。あーあ、
つまんない！　みんなは　たのしそうなのに、
わたしだけ　つまんない！」
カナが　いうと、ナニーさんは　かたを
すくめました。
「つまんない病《びょう》ですね。ようかい『つまんバチ』が
カナさんの　つまんないウイルスを
あつめにきますよ。」
「ようかい『つまんバチ』？」

「クマンバチに　にた　ようかいで、
花《か》ふんのように　つまんないウイルスを　あつめ、
ないないないダンスを　おどるのです。」
「ないないないダンス？
きいたこと　ないわ。」
カナが　いうと、
ナニーさんが
いいました。

「ないないソングを　うたいながら、おしりを
ふって、つまんないウイルスを　まきちらす
ダンスです。ウイルスが　かかった　ものは
つまんない、できない、いいこと　ない、と
くらい　気《き》ぶんに　なります。」
「ふーん。そんな　ダンス、ほんとうに　あるなら
みてみたい。」
カナが　いうと、ナニーさんが　小《ちい》さな
ぼうっきれを　とりだしながら　いいました。

「おまかせください。それが　ねがいですね。」
えっ、なに？
ぼうっきれは
みるまに　のびて
ながい　つえに！
ナニーさんが
くるんと
まわすと、
ひえっ！

黄色《きいろ》と　黒《くろ》の　大《おお》きな　ハチみたいな
ようかいが　あらわれて、にやっとしました。
「おまえの　つまんないウイルス
もらったぜ。みんなに
まきちらしてやるぜ。」
そう　いって、おしりを
ふりふり　うたって、
ダンス。

このよは　ないないない　たのしくない
いいこと　ないし　なんにも　できない
つまんない　つまんない　つまんバチ

すると、人形《にんぎょう》や　ぬいぐるみ、それに　絵本《えほん》の
絵《え》も　しょんぼりがおに。
カナは　びっくり。
「だめよ。つまんバチなんて　サイテー！
いなくなっちゃって！」

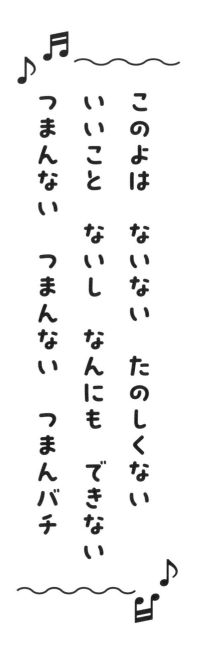

おもわず　さけんだら、ナニーさんが　つえを
まわすのが　みえて、つまんバチは　きえました。
ぬいぐるみたちも　えがおに
もどっています。
「いまの　なに？」
カナは　目《め》を　こすります。
「まほうで　カナさんに
つまんバチの
ないないダンスを　おみせしたのです。」

「うそ。ナニーさんって　まほう　つかえるの？」

「もちろんです。まじょですから。」

「すてき！　じゃあ、もっと　まほう　つかって。」

カナが　ワクワクすると、ナニーさんは　くびを
よこに　ふりました。

「まほうは　一日《いちにち》　一回《いっかい》です。」

「どんな　まほうでも　つかえるの？」

ドキドキして　きくと、ナニーさんが
とくいげに　いいました。

「もちろんです。」

す、すごい！
☆
「カナ、明日《あした》からの　おるすばん、おねがいね。」

夜《よる》、かえってきた　ママが　いいました。

「うん！」

うふふっ、ママは　ナニーさんが　まじょだって
しらないのです。

カナは　たのしくって　たまらなくなりました。

キビシッターの　キビーさん

よくあさ、カナは　いいことを
おもいつきました。
「ナニーさん、まほうで　わたしの　足《あし》を
なおして、がっしゅくに　いかせて！」
カナが　いうと、ナニーさんが　つめたく
いいました。

「だめです。まほうが　きれたら、また
いたくなりますよ。きちんと　なおるわけでは
ありませんからね。」
そんなぁ！
「ケチ！　つめたい！　こおりみたい！」
カナが　さけんでも、ナニーさんは
つんとしたまま　いいました。
「わたしは　つめたくありません。きびしい
まじょの　キビシッターも　いますよ。きのうも、

あまりに　わがままな子《こ》の　足《あし》を、石《いし》に
したそうです。べんきょうを　さぼって、
ダンスばかり　しているのを　おこったら、
『足《あし》が　かってに　うごいたんだもーん』と、
なまいきを　いったので、足《あし》を
うごかないように　したのです。」

えっ、ええっ！

「ほ、ほんとに？」

「もちろんです。」

ぞぞぞぞぉ〜！

「その子《こ》は　どうなったの？」

「いまも　足《あし》は、石《いし》のままですね。」

「ええーっ！　か、かわいそう！　ママや　パパは
たすけてあげられないの？」

「おしごとで　しゅっちょうに　いっているので、

キビシッターを　たのんでいたのです。
きびしくても、ちゃんと　おせわは
していますから、こまることは　ありません。」
「その子《こ》、いくつ？」
「カナさんと　おない年《どし》です。」
うわっ、
ひとごととは
おもえません。

「たすけてあげなきゃ！　かわいそうすぎるわ！」
カナが　さけぶと、ナニーさんが　いいました。
「おまかせください。カナさんが
たすけてあげたら、よろこぶと　おもいますよ。」
「えっ、わたしが　たすけるの？」
カナが　おどろいたのに、ナニーさんは
ひょうじょうを　かえずに　うなずきました。
「そうです。たすけにいくなら、空《そら》とぶ　ほうきで
おつれしますよ。」

えっ、空《そら》とぶ　ほうき！
「うわぁ、のりたい！」
おもわず　カナは、目《め》を　かがやかせました。
「では、夕《ゆう》がたに　なったら、いきましょう。
カナさんの　しゅくだいが
おわっていれば。」
カナは　はりきって
しゅくだいを　して、
夕《ゆう》がたを　まちました。

「どこまで　いくの？　とおいの？」
「夕《ゆう》やけの　国《くに》です。」
「夕《ゆう》やけの　国《くに》？」
「ええ。夕《ゆう》やけの　国《くに》には
ようせいたちが　いて、
せかい中《じゅう》の　空《そら》を
おどりながら　夕《ゆう》やけ色《いろ》に
ぬっているのです。」
「ようせい！」

「そうです。足《あし》が　石《いし》に　なった子《こ》の
ごりょうしんは　いま、とおい　国《くに》に
いっているので、シッターが　おせわしています。」
「もしかして、ナニーさんも　ようせいの
おせわを　したこと　あるの？」
「もちろんです。わたしは
スーパーかせいふの　中《なか》で、
人気《にんき》ナンバーワンです。なにしろ、
人間《にんげん》からも　ようせいたちからも

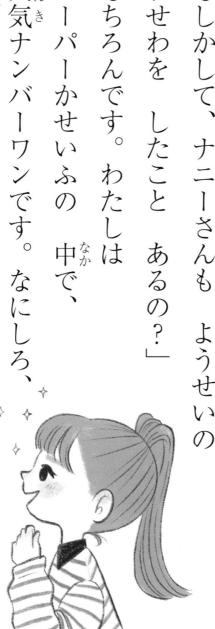

たのまれるのは、
わたしだけですから。」
うわあ！
そんな　ナニーさんに
きてもらってるなんて、
カナは　なんて　ラッキーなんでしょう！

☆

西《にし》の　空《そら》が　夕《ゆう》やけ色《いろ》に　そまりはじめたころ。
「さあ、のってください。」

ナニーさんに　いわれて、カナは　ベランダで
ほうきに　またがりました。
すると、ふわっと　うかんで　すてき！
西《にし》に　むかって　とんでいくと、夕《ゆう》やけ色《いろ》の
せかいが　カナを　やさしく　つつみました。
なんて　ロマンチックなんでしょう！
空《そら》とぶ　とりたちも　ピンクや　オレンジ色《いろ》に
そまっています。
カナの　ようふくが、夕《ゆう》やけの　かけらみたいに

ひらひらしています。

☆

夕《ゆう》やけぐもを　ぬけると、うわぁ！
夕《ゆう》やけの　国《くに》です！
赤《あか》や　オレンジ色《いろ》や　金色《きんいろ》の、
色《いろ》とりどりの　いえが　たっています。
木《こ》のはも　赤《あか》や　黄《き》色《いろ》の　夕《ゆう》やけ色《いろ》。
きれいな　オレンジ色《いろ》の　いえに、
まどから　とびこみます。
黄《き》色《いろ》の　かべに、赤《あか》い　いす。

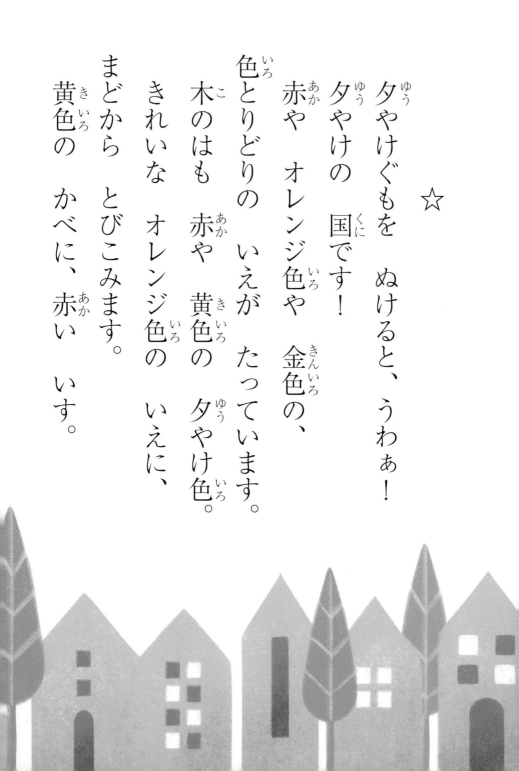

そこに、オレンジ色《いろ》の　ふくを　きた
女《おんな》の子《こ》が　すわって　いました。
その子《こ》が　うれしそうに　さけびました。
「ナニーさん！　わたしの　まほうを
とくために　きてくれたの？　いま、
キビシッターの　キビーさんは
おかいものに　でかけてて、るすよ。」
でも、ナニーさんは　つんとして
いいました。

「いいえ。いま、わたしは　ユユさんの　おせわは　しません。こちらの　カナさんの　おせわを　していますから。」

うわっ、つ、つめたい！

ユユは　おこりだしました。

「だったら、なんで　きたの？　わるいことを　すると、こんなふうに　なりますよって、その　カナって子《こ》に　みせるため？　それとも　足《あし》が　石《いし》に　なっているのを　わらうため？」

「カナさんが、ユユさんを　たすけたい、と
いったからです。」
わわっ！
カナは
あせりました。

こんなに　気《き》が
つよくて、
おこりんぼな
子《こ》だなんて
おもわなかった！
それに、カナに　たすけられるの？
な、なんて　いおう……。
カナが　まよっていると、ユユが　いいました。
「カナ、おねがい！　石《いし》の　まほうを　とくように、

ナニーさんに　おねがいして！」

でも、ナニーさんは　ふんっ！　と　はなをならして　いいました。

「じぶんで　とけるはずですよ。ときかたは、しっているでしょう。」

「しってたって、そんなの　できるわけ　ないわ！　たのしくなれば　とけるだなんて！　足《あし》が　石《いし》になってるのに……。」

「ええっ、そうなの！」

カナは　びっくりして　さけびました。
ユユは　うなずいて、しょんぼりしました。
それなのに、ナニーさんが　いいました。
「それしか　とく　ほうほうは　ありません。プンプンしたり、いじいじしたり、心《こころ》が石《いし》のように　かたくなっているので、足《あし》も石《いし》のままなのですよ。」
ユユが　しゅんとして、カナは　かわいそうになりました。

だから、おもわず　ナニーさんに　いいました。
「むりよ！　足《あし》が　石《いし》に　なってるのに　たのしい
気《き》もちに　なるなんて！
わたしだって
足《あし》が　いたくて、
ダンスが
できないだけでも、
ぜんぜん　たのしく
なかったもの。」

すると、ユユが　大《おお》きく　うなずきました。
「カナ、ありがとう。足《あし》を　石《いし》に　された
わたしの　気《き》もちを　わかってくれたのは、
カナが　はじめてよ。みんな、かわいそうな
目《め》で　みるだけだったり、『わるいことを
したから　バチが　あたった』と　いったり、
わたしを　みて　げらげら　わらう人《ひと》も　いたわ。
だから、わたしは　どんどん　きずついて、
ぷんぷんしちゃうの。」

ユユの　目《め》が
うるうると
なみだぐんでます。
すなおな
ユユを、カナは
すきになりました。
「たのしくなれるように、
いっしょに　かんがえましょ！」
カナが　いったとき、ナニーさんが　いいました。

「カナさん、もう　かえる　じかんですよ。こんど
キビーさんが　いるときに　きましょう。
キビーさんの　やりかたの、じゃまを　する
気《き》は　ありませんから。」

ああ、ざんねん！
明日《あした》　ユユは、ようせいの　学校《がっこう》に　いく
日《ひ》なので、あさって　くる　やくそくを　しました。
そのときこそ、ユユを　たのしくさせなくちゃ！
いえに　もどってからも、カナの　あたまは
ユユのことで　いっぱい。
ママから　「だいじょうぶ？」と　メールが
きたけれど、それどころでは　ありません。
「うん」と　ひとこと　かえしただけ。

どうしたら　ユユを
たのしく
させられるかしら？
その夜《よる》、カナは
ユユと　ダンスする
ゆめを　みました。

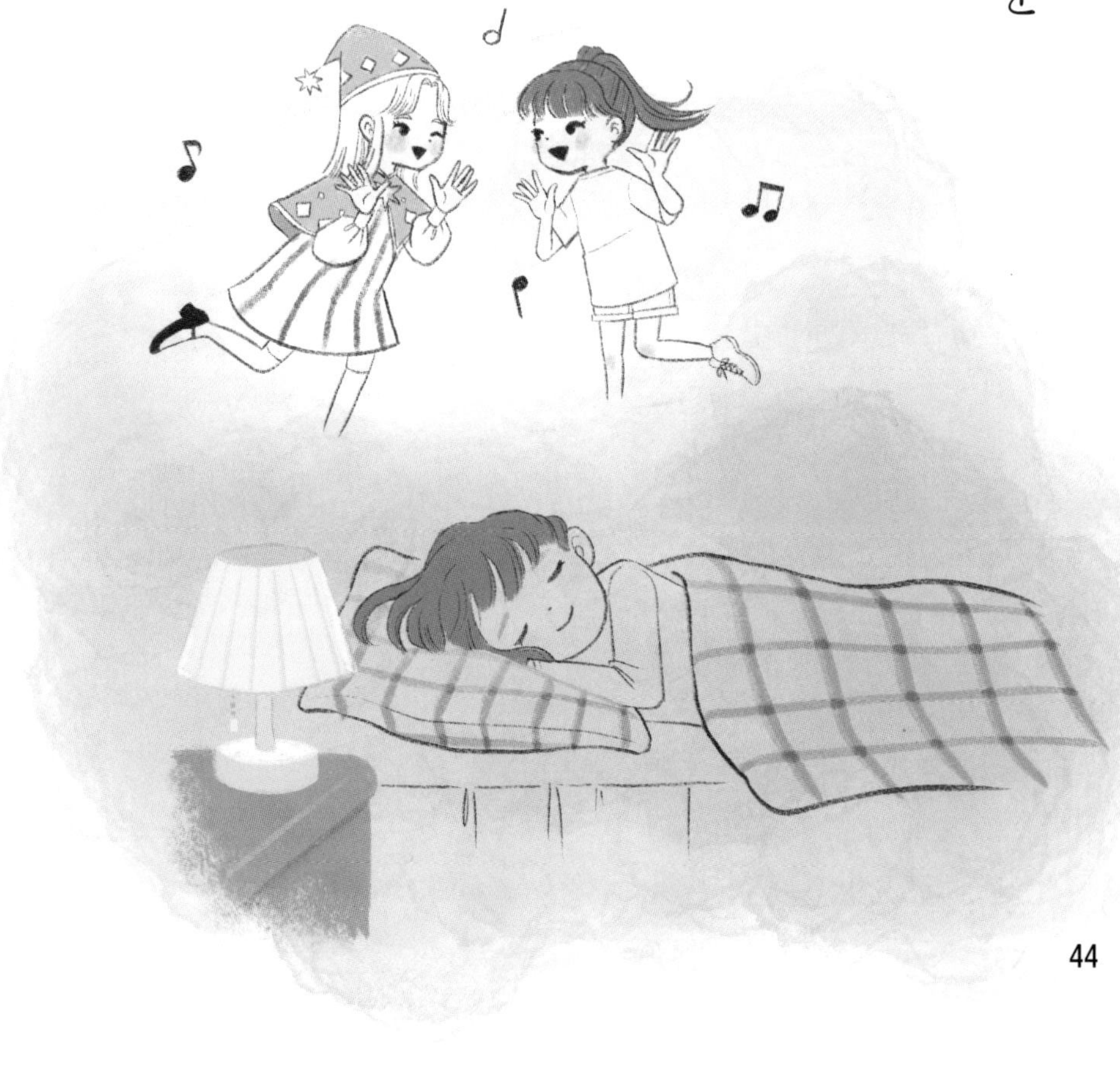

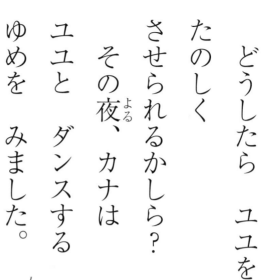

森《もり》の ダンス・カーニバル

「ああ、わたしが ダンスを できれば、ユユを
たのしい 気《き》もちに してあげて、まほうが
とけるのに。」
あさ おきて、カナが ざんねんがると、
ナニーさんが いいました。
「カナさんは、ふだんは ぜんしんを つかって

ダンスを　していますが、足《あし》を　うごかさない
ダンスを　みてみませんか？」
「そんな　ダンスが　あるの？」
カナが　きょうみを　もつと、ナニーさんが
うなずきながら　いいました。
「ちょうど『ふしぎの　森《もり》』で　木《き》や
草花《くさばな》たちの　ダンス・カーニバルが
ひらかれるのです。足《あし》と　なる　ねっこを
うごかすと、土《つち》が　ほりかえされて　人間《にんげん》に

あやしまれるので、
足《あし》を　うごかさずに
おどるのです。」
「えーっ、ほんと！
みてみたいわ！」
「おまかせください。」
ナニーさんが
ポケットから　つえを　とりだして、
くるっと　まわしたとたん、おお！

きえていた　パソコンの　がめんに、ぱっと
森《もり》の　えいぞうが　ひろがりました。
白《しろ》い　もこもこの　くもの　うさぎが、マイクを
もっています。
「ダンス・カーニバル、はじまるよ。しかいは
ぼく、月《つき》の　もちつきダンスで　おなじみの
くもうさぎだよ。よろしくね。
ちゅうけいカメラで　うつしていくよ。今日《きょう》は
なんと！　ナニーさんも　みてくれてまーす。」

そう いうと、かん声《せい》が あがりました。
うわっ、ナニーさんって ゆうめい人《じん》！
「ナニーさん、ひとこと
おねがいしまーす。」
くもうさぎが いうと、
がめんに
ナニーさんが
うつります。

「いま、わたしが　おせわしている　カナさんも
ダンスが　大《だい》すきで、いっしょに　みますよ。
たのしんで、がんばってください。」
ナニーさんが　いうと、かん声《せい》が
あがって、カナの
かおも　がめんに。
わっ、ドキドキ。

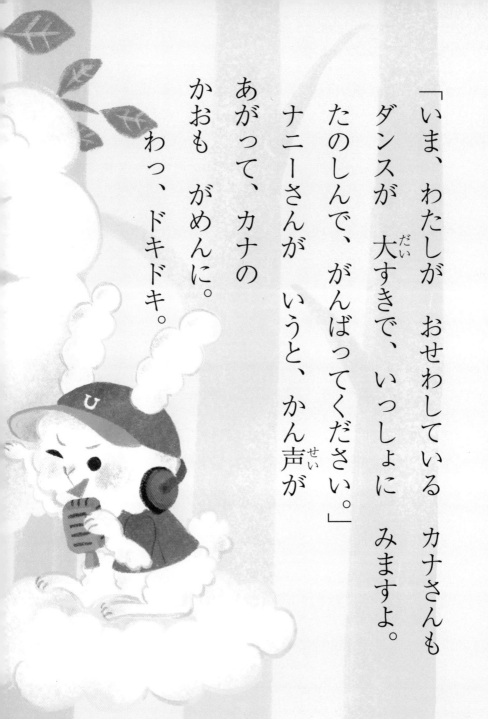

きんちょうしながら　ぎこちなく　手《て》を　ふると、
くもうさぎが　いいました。
「カナちゃん、いっしょに　もりあがろうぜ。」
きゃっ、なんか　うれしい！
「さあ、トップバッターは　こちら！」
がめんに、すっくと　たった　一本《いっぽん》の　ヒノキが
うつりました。
風《かぜ》が　ヒノキに、黒《くろ》ユリの　ちょうネクタイを
つけました。

おとなりの
サルスベリの　木《き》は、
まんかいの　赤《あか》い　花《はな》が
ドレスみたい。
二本《にほん》が　よりそって、
はっぱの　手《て》を
たずさえると、風《かぜ》の
音《おん》がくで　かれいに
しゃこうダンス。

つぎは　野《の》バラの　フラメンコ。
まっ赤《か》な　バラの　花《はな》を　ゆらし、みどりの
はっぱの　カスタネットを　うちならし、
じょうねつてきに　おどります。
オレ　オレ　オレー！　バラメンコ。

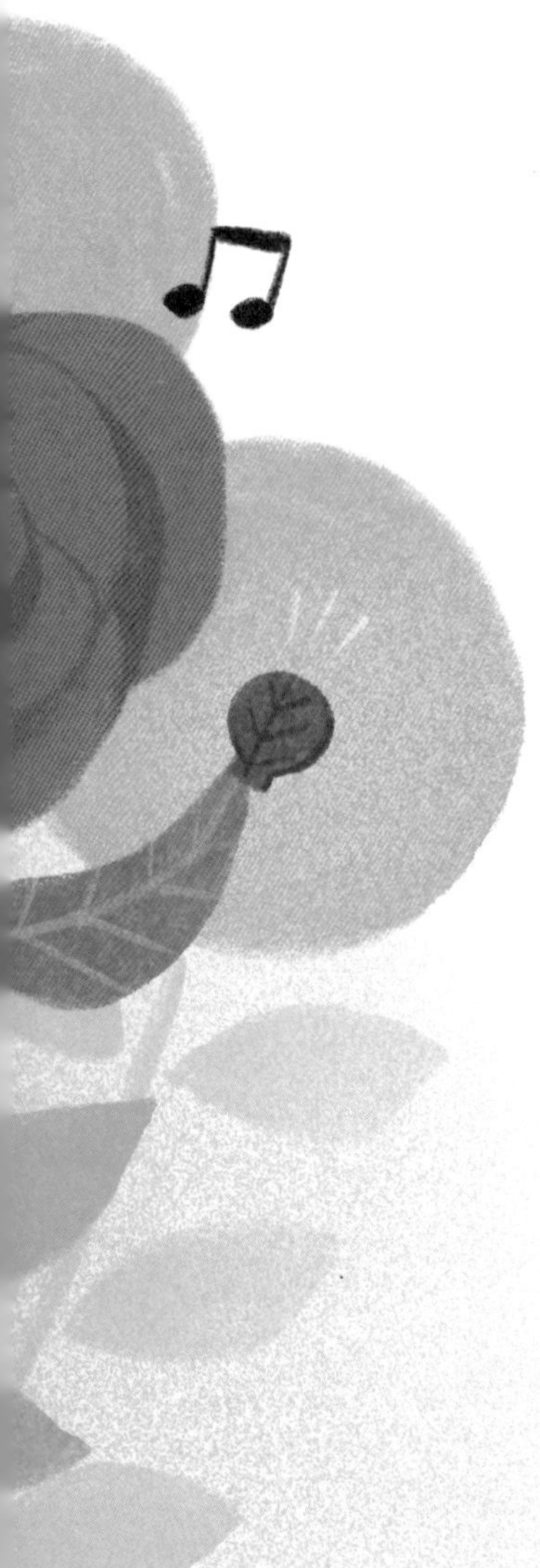

つづいて　竹《たけ》やぶが
マスダンス。
ぴったり　うごきが
そろってます。
さいごに
そろって　花《はな》が
さきました。
「うわあ、きれい！」
「竹《たけ》の　花《はな》は、百《ひゃく》二《に》十年《じゅうねん》に

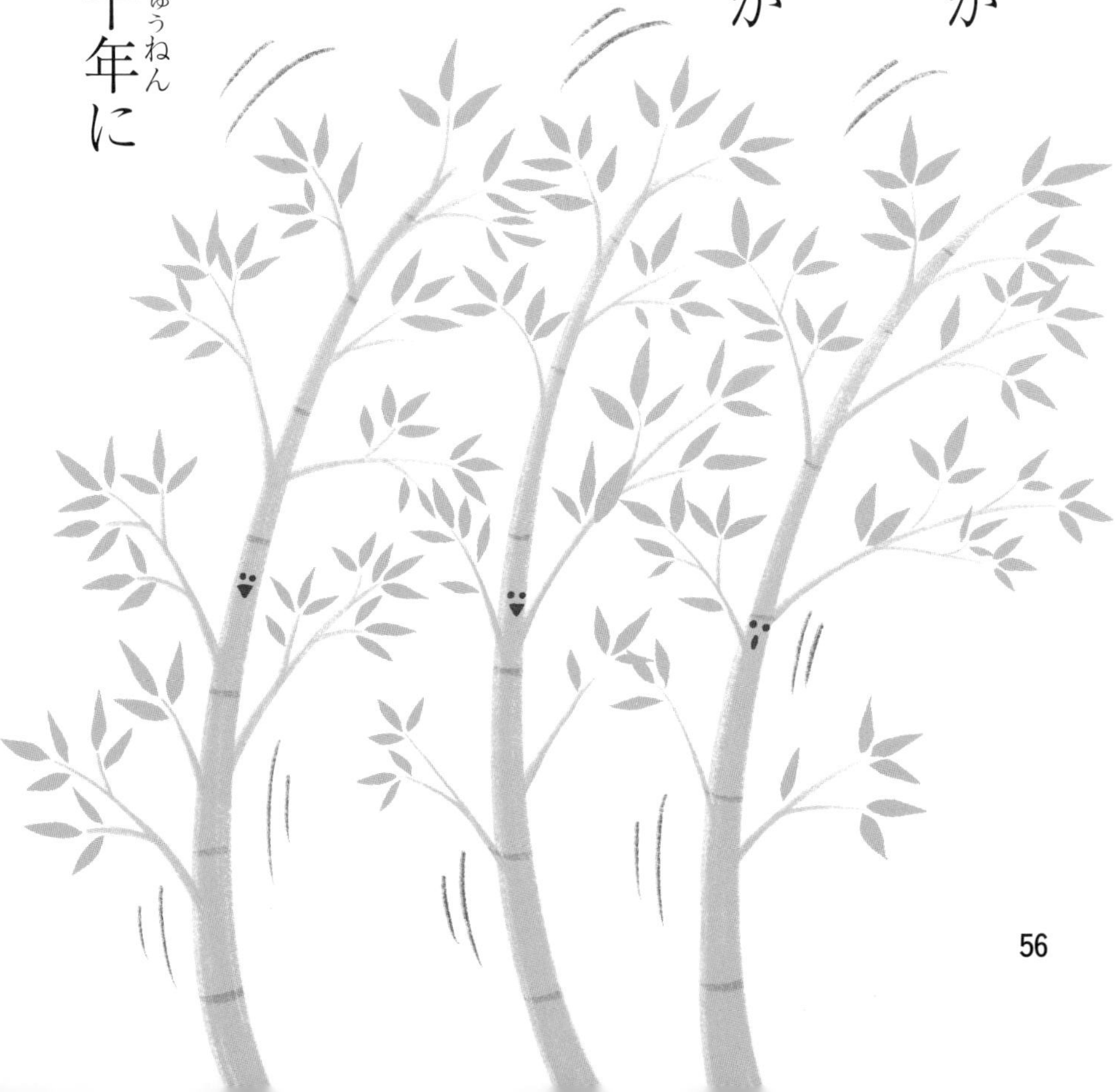

一《いち》ど　いわれるほど、めったに
さかないのですよ。」
ナニーさんが　いいました。
マツの　木《き》が、マツばの　ばちで
しゃみせんを　ならすと、まわりの　ウメや
フジの　花《はな》が　おしとやかに　おどります。
赤《あか》や　黄色《きいろ》の　色《いろ》とりどりの　木《こ》のはたちは、
ジャンプしながら　くるくる　まわって
げん気《き》に　ストリートダンス。

ドングリは、ぼうしを　なげたり　かぶったり。
ちゅうがえりだって　わぉ、かっこいい！
クヌギの　木《き》に　からまっていた
ツタの　はっぱだって　リンボーダンス。
おひさまが　きらきら　ひかって、みんな
スポットライトを　あびてるみたい。
やっぱり　ダンスは　たのしいな。
みてるだけで　げん気《き》になるし、
からだを　うごかしたくなります。

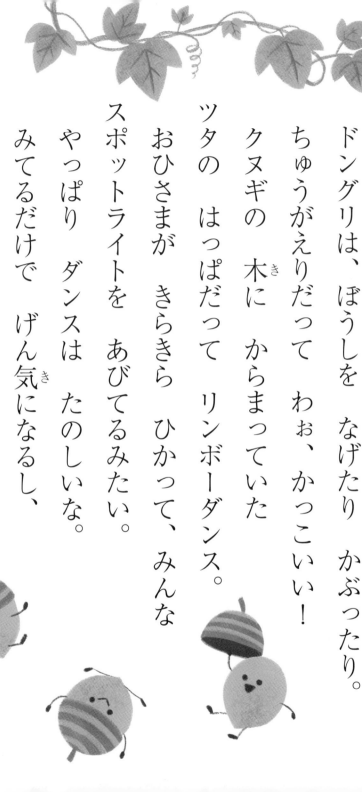

「さいごは　すごいぜ。ナニーさんの
ふりつけで　ホウキ草《ぐさ》が
コミカル・ダンス！」
くもうさぎが
いって、
カナは
びっくり。
　ええっ、
ナニーさんが！

ナニーさんも　じしんまんまんに　うなずいて
いいました。
「ホウキ草《ぐさ》は　かんそうさせて、ほうきとして
つかえるのですよ。」
まるくて　ふさふさの　ホウキ草《ぐさ》が、ビョ〜ンと
のびたり、ぎゅっと　ちぢんだり、おもしろい
ダンスを　して　たのしい！
うわあ、めちゃくちゃ　たのしかった！
足《あし》で　ステップを　ふまなくても、あんなに

いろんな　うごきが　みせられるなんて！
「わたし、足《あし》を　けがしてるけど、やっぱり
ユユを　ダンスで　たのしくさせたいな。」
カナが　ワクワクすると、
ナニーさんが
いいました。
「では、ダンスの
なまえと　テーマを
かんがえてください。」

ええっ、どうしよう、むずかしそう！
そのとき、カナは　つまんバチの
ないないダンスを　おもいだしました。
あるあるダンスって　どうかしら？
足《あし》が　石《いし》でも　たのしいこと　ある。
できること　あるし、いいこと　ある。
ナニーさんと　そうだんして、あるあるダンスに
ぴったりの　曲《きょく》を　えらび、うたを　つくります。
ホウキ草《ぐさ》みたいに　コミカルな　へんがおも

いれて、ダンスしてみることに。
ああ、たのしみ！
夜《よる》、ママから　メールが　とどきました。

ダンスを　がんばっている　カナを　みて、
ママも　おしごと　がんばりたくなったの。
カナも　きっと　すぐに　よくなって、
また　ダンスを　がんばれるわ。
おうえんしているからね！

カナは、うれしくなりました。

すぐ　そばの　しあわせ

「夕《ゆう》やけの　国《くに》に　はやく　いかないと、ママが
かえってきちゃうかも。」
あさ、カナが　しんぱいすると、ナニーさんが
いいました。
「おまかせください。いまから　いきます。」
うわあ、よかった！

「おまかせください」は、まほうの　あいず。
それなのに、あれっ　なんで？
ナニーさんが　マンゴーを　とりだしました。
みていると、マンゴーから
夕《ゆう》やけ色《いろ》が　へや中《じゅう》に
ながれだして……カナを
つつみこんだと
おもったら、
おこってる　声《こえ》が！

「もっと　まえむきに　かんがえたら　どうなんです！　いつまでも　石《いし》のままですよ！」

気《き》づくと、ナニーさんと　カナは、ユユの　へや。

女《おんな》の人《ひと》が　おこってて、ユユは　なきだしそう。

「キビーさん。ユユさんは、ひとりぼっちでは　たのしく　なれないようですよ。」

ナニーさんが　いって、ふりかえった　キビーさんは　きゃっ、こわそうな人《ひと》。

キビーさんは　いいました。

「ナニーさん、わたしの
やりかたに　口《くち》を
ださないでください。」
「じゃまする
つもりは　ありませんよ。
わたしは、いま　おせわしている　カナさんの
やさしい　気《き》もちを　たいせつにしたいだけです。
カナさん、かんがえが　あるのですよね。」
ナニーさんに　いわれて、カナは

うなずきました。
キビーさんが　にらむように　みてきます。
わわっ！
こわかったけど、ナニーさんに　せなかを
おされて　いいました。
「あるあるダンスを　おどります。足《あし》を
うごかさなくても　できることは　ある、
たのしいことも、いいことも　ある！　って
いう、あるあるダンスです。」

はなしているうちに　たのしくなってきました。
ユユが　かおを　あげて、いいました。
「なんか　おもしろそう！」
「そうなの、みててね。足《あし》を　うごかさずに
スイングするだけでも、ダンスは　たのしいの。」
カナは　音《おん》がくを　かけました。
すわったまま　かたを　ゆらして、リズムを
とって、うでを　うごかし、くびを　ふってると、
たのしいな！

カナは　一《いち》ど　うつむいた　あと、
かおを　ぱっと　あげたときに、
へんがお！　しました。
みると、ユユが　びっくりして……
わらった！
カナは　うれしくなって、どんどん　おどっては、
かおを　あげるたびに　いろんな　へんがお。
「カナったら……。」
「ユユも　リズムに　のって、ゆれてみて。

たのしんだものが　かち！」
カナが　いうと、ユユは　うなずいて、音《おん》がくに
ゆれながら　カナの　まねして　へんがおまで！
「へんなのも　たのしいでしょ？」
「うん。」
いつのまにか　ユユも　えがおです。
それどころか、ナニーさんも
キビーさんも　すました
かおだけど、からだを　ゆらしてます。

カナと　ユユは、かおを　みあわせて、ますます
ハッピー！
そのときです！
「ユユ！
なおってる！」
カナが　さけぶと、
ユユも　はっとして
じぶんの　足《あし》を　みました。

「わあ！　石《いし》の　まほうが　とけてる！」
「よかったね。」
「カナ、ありがとう。でも、ごめんね。わたし
ひとり、さきに　なおっちゃって。」
「わたしも　すぐ　なおるわ。わたし、ステップが
とくいなの。足《あし》が　なおったら、みてほしいな。」
カナが　いうと、ユユも　いいました。
「みたいわ！　つぎの　おるすばんで、ママが
ナニーさんに　たのんでくれたら、あおうね。」

「うわあ、ぜったいね！　それまでは　夕《ゆう》やけを
みるたびに、ユユを　おもいだすわ。」
「それじゃあ、わたしは　カナのために、すてきな
夕《ゆう》やけを　ぬるわ。」
ふたりは、うれしくって　たまりません。
キビーさんが　いいました。
「ユユさん、よく　できました。石《いし》の　まほうを
といて、夕《ゆう》やけの　まほうを　がんばる　気《き》に
なるなんて。」

うわっ、キビーさんの
さくせんだったの？
すると、
ナニーさんも
いいました。

「ふたりとも
できないことを
かぞえていましたが、できることを
かんがえたから　たのしくなれたのですよ。」
そうかも！
足《あし》を　けがして　ショックだったけど、その
おかげで　ナニーさんに　あえて、ユユと
なかよくなって、ママの　気《き》もちも　しりました。
できることを　かんがえたら、たのしいことが

いっぱい　あるあるでした。
ママが　かえってくるから、
明日《あした》からは　ナニーさんに
あえなくて　がっかり。
でも、きっと　また
ナニーさんにも
ユユにも　あえるわ。
だって、カナには
あるあるダンスが　あるんだもの！

作家・藤 真知子（ふじ まちこ）

東京女子大学卒業。『まじょ子どんな子ふしぎな子』でデビュー。以後、「まじょ子」シリーズ（全60巻）は幼年童話として子どもたちの人気を博す。他にも絵本『モットしゃちょうと モリバーバの もり』や読み物「わたしのママは魔女」シリーズ（全50巻）「ヨゾラ物語ファイル」シリーズ（既刊3巻）（以上、ポプラ社）、「チビまじょチャミー」シリーズ（岩崎書店）など作品多数。

画家・はっとり ななみ

武蔵野音楽大学卒業。その後東京デザイン専門学校でグラフィックデザインを学び、製紙メーカーデザイン部を経て、イラストレーターに。絵本の挿絵やグリーティングカードのほか、さまざまな媒体にイラストレーションを提供している。

ナニーさんに つかってほしい まほう、
おはなしの かんそうや イラストなど、
おたよりを おまちしています！

〒141-8210 品川区西五反田3-5-8 12階
（株）ポプラ社 「まじょのナニーさん」係

まじょのナニーさん

石のまほうとミラクル☆ダンス

2024年6月 第1刷

藤 真知子 作 はっとり ななみ 絵

装丁 山﨑理佐子

発行者 加藤裕樹 編集 松本麻依子

発行所 株式会社ポプラ社

〒141-8210 東京都品川区西五反田 3-5-8 JR目黒 MARC ビル 12 階

ホームページ www.poplar.co.jp

印刷・製本 中央精版印刷株式会社

©Machiko Fuji/Nanami Hattori 2024 Printed in Japan

ISBN978-4-591-18192-8 N.D.C.913 79p 22cm

落丁・乱丁本はお取り替えいたします。

ホームページ（www.poplar.co.jp）のお問い合わせ一覧よりご連絡ください。

*読者の皆様からのお便りをお待ちしております。いただいたお便りは、著者にお渡しいたします。

*本書のコピー、スキャン、デジタル化等の無断複製は著作権法上での例外を除き禁じられています。

*本書を代行業者等の第三者に依頼してスキャンやデジタル化することは、
たとえ個人や家庭内での利用であっても著作権法上認められておりません。

P4900380

まじょのナニーさん シリーズ (既刊《きかん》11巻《かん》)

藤《ふじ》 真《ま》知《ち》子《こ》・作《さく》
はっとり ななみ・絵《え》

『まじょのナニーさん
まほうでおせわいたします』

ママはけがをして入院《にゅういん》し、パパはおしごと。せっかくの夏《なつ》やすみにひとりぼっちのレミ。そこへナニーさんがあらわれて…。

『まじょのナニーさん
にじのむこうへおつれします』

もうすぐお姉《ねえ》ちゃんになるユマですが、ママが入院《にゅういん》しなければならず、ひとりぼっち。そこへナニーさんがあらわれて…。

『まじょのナニーさん
女王《じょおう》さまのおとしもの』

インフルエンザで学校《がっこう》にいけないアミ。ママはおしごとで、ひとりぼっち。そこへナニーさんがあらわれて…。

『まじょのナニーさん
ふわふわピアノでなかなおり』

ナナのお姉《ねえ》ちゃんはピアノがじょうず。けれどもそのせいで、ナナはひとりぼっち⁉　そこにナニーさんがあらわれて…。

『まじょのナニーさん
青空《あおぞら》のお友《とも》だちケーキ』

学校《がっこう》では親友《しんゆう》とべつのクラス、家《いえ》ではママが外国《がいこく》にいくことになり、ひとりぼっちのルナ。そこにナニーさんがあらわれて…。

『まじょのナニーさん
なみだの海《うみ》であった人魚《にんぎょ》』

大《だい》すきなおばあちゃんをなくしたエマですが、ママがしゅっちょうでひとりぼっちに。そこにナニーさんがあらわれて…。

『まじょのナニーさん
プリンセスと月夜《つきよ》のパーティー』

おせっかいなママのせいで、ひとりぼっちになったユリは、ムカムカ、プンプン！　そこにナニーさんがあらわれて…。

『まじょのナニーさん
てんしの花園《はなぞの》へようこそ！』

ママが外国《がいこく》へおしごとにでかけ、パパもおしごとでいそがしく、ヒナノはひとりぼっち。そこにナニーさんがあらわれて…。

『まじょのナニーさん
空《そら》とぶメリーゴーラウンド』

夏《なつ》やすみをいっしょにすごすはずのママが、急《きゅう》なおしごとでレイはひとりぼっち。そこにナニーさんがあらわれて…。

『まじょのナニーさん
雪《ゆき》だるまのアイスクリームやさん』

パパとママが、パーティーによばれてハワイへでかけ、ひとりぼっちのレア。そこにナニーさんがあらわれて…。

『まじょのナニーさん
石《いし》のまほうとミラクル☆ダンス』

けがでダンスの合宿《がっしゅく》にいけなくなったカナ。ママにもよていがあり、ひとりぼっちに。そこにナニーさんがあらわれて…。

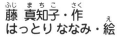